CATALOGUE

DE

32 AQUARELLES

DE

F. GARAT

ET DES

AQUARELLES, TABLEAUX, DESSINS
LITHOGRAPHIES MODERNES

DE

A. Bréauté, Blanchet, Bombled, Ch. Boyer, M. Capy,
Eug. Cicéri, E. Cottin, Marius Étienne, P. Givry,
Gravelle, A. Guillaume, Michel de l'Hay, Hédouin,
Luce, L. O. Merson, Ogé, L. Petit, Henri Pille,
Rameaux, Roedel, E. Saulnier, H. Somm, Thiollet,
A. Willette, etc., etc.

dont la Vente aura lieu

HOTEL DES COMMISSAIRES-PRISEURS

Rue Drouot n° 9, Salle n° 10

Le Mercredi 21 Octobre 1896, à 2 heures

M° G. COULON	**M. René BLÉL**
Commissaire-Priseur	Expert
56, faubourg Montmartre, 56	13, rue N.-D. de Lorette, 13

Chez lesquels se distribue le présent catalogue

EXPOSITION PUBLIQUE

Le Mardi 20 Octobre 1896, de 1 h. 1/2 à 6 heures

CONDITIONS DE LA VENTE

Elle sera faite expressément au comptant.

Les acquéreurs paieront *cinq pour cent* en plus du prix d'adjudication.

N. B. — Les œuvres seront vendues sous réserve formelle des droits de reproduction.

CAT... DES

Aquarelles - Tableaux - Dessins - Lithographies Modernes

DE

F. GARAT

A. BRÉAUTÉ — BLANCHET
BOMBLED — Ch. ROYER
M. CAPY — Eug. CICÉRI
E. COTTIN — Marius ÉTIENNE
P. GIVRY — GRAVELLE
A. GUILLAUME
Michel de L'HAY
HÉDOUIN — LUCE
L.-O. MERSON

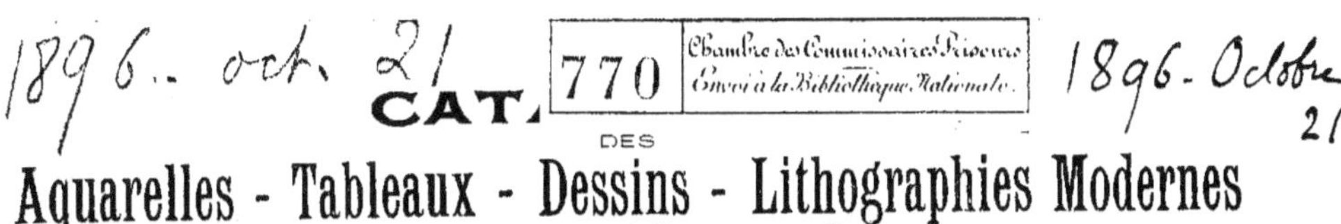

OGÉ — L. PETIT
H. PILLE — RAMEAUX — ROEDEL
E. SAULNIER — H. SOMM
THIOLLET — A. WILLETTE, etc.

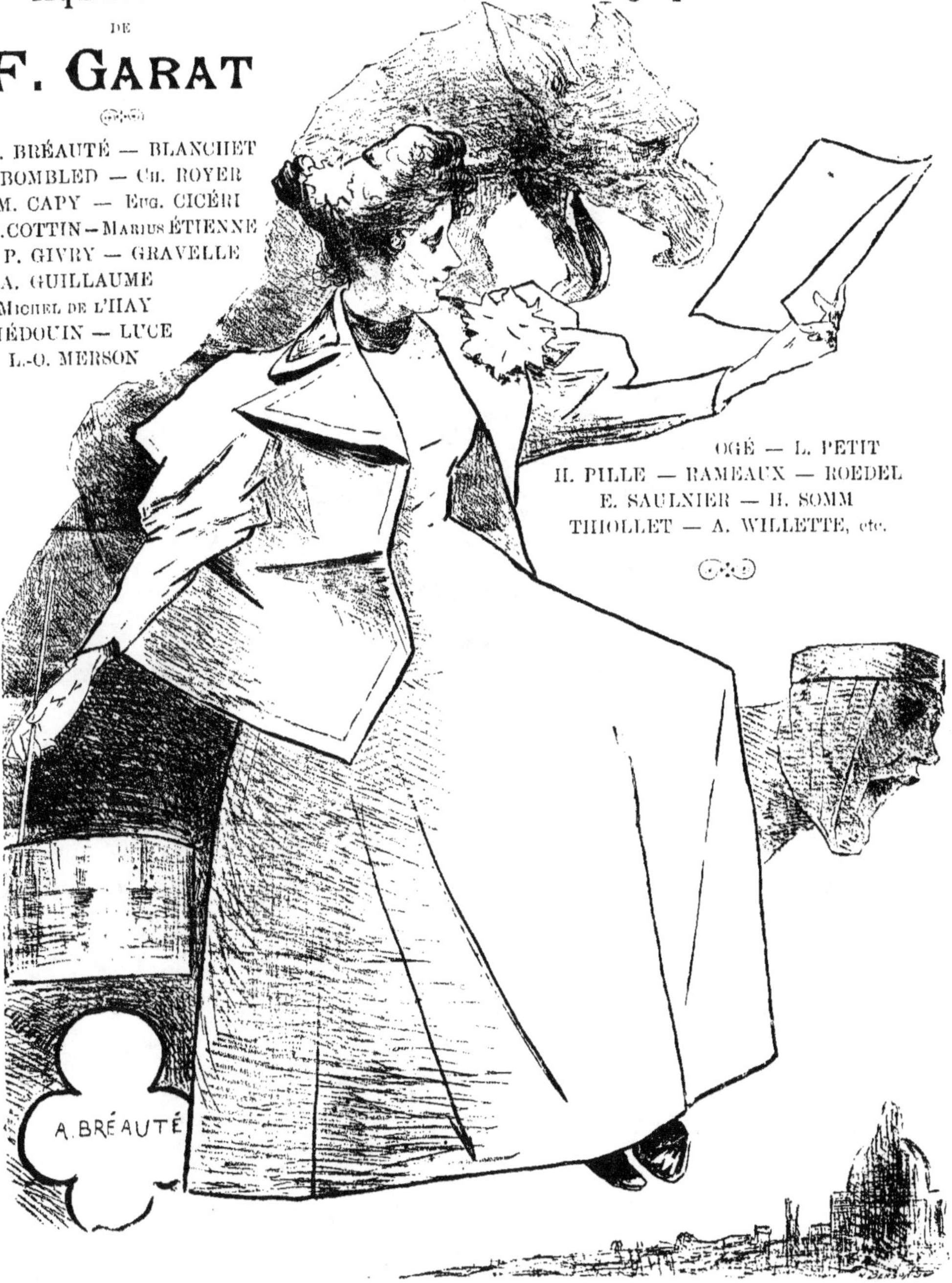

PARIS
IMPRIMERIE CHARLES DUPONT
41, RUE LAFFITTE, 41

AQUARELLES

FRANCIS GARAT

13 — Place du Parvis Notre-Dame.
14 — La Publicité dans Paris.
15 — Le Matin, avenue du Bois de Boulogne.
16 — Bal champêtre, hors Paris.
17 — La Plaine à Montigny (Seine-et-Oise).
18 — La Fête foraine sur les Boulevards extérieurs.
19 — La Baignade des chevaux.
20 — Chemin sur les Fortifications.
21 — Toit d'une maison pendant les fêtes Franco
Russe.
22 — Le square d'Anvers au Printemps.
23 — Au Quartier Latin.
24 — La Marne à Neuilly-sur-Marne (S.-et-O.)
25 — Les Fortifications à Clichy.
26 — Gonflement d'un ballon place Clichy.
27 — Moulins à vent en Picardie.
28 — Les Chevaux de bois.
29 — Les Fortifications à Saint-Ouen
30 — Après la fête (*place Blanche*).
31 — Vue de Saint-Denis.
32 — Le Piédestal de la Statue de la République

CH. BOYER

33 — Hallali sur pied de cerf dans un étang.
34 — Cerf en débuché.

EUG. CICÉRI

35 — Paysage Suisse.
36 — Coucher de soleil.
37 — Les Bûcheronnes.

E. COTTIN

MARIUS ÉTIENNE

81 — Vue sur la Mer à la Hougue (Manche).
82 — La Plaine devant Montmorency (S.-et-O.).
83 — Vue des Hauteurs de Taverny (S.-et-O.).

A. GUILLAUME

84 — Critiques et Charges du Salon.
Six dessins rehaussés à l'aquarelle.

HÉDOUIN

85 — Iris en Fleurs.

L. PETIT

86 — Barrage à Dienville (Aube).
87 — La Tour Eiffel.
88 — Vallée du Gehart (Vosges).
89 — L'Aube à Trannes (Aube).
90 — Vue de Chaumont (Haute-Marne).
91 — Coin de Salon.
92 — Intérieur de Ferme à Redonvilliers (Vosges).
93 — Eglise de Saint-Aignan (Haute-Marne).

E. SAULNIER

94 — Espagnol.
95 — Gentilhomme du temps de Louis XIII.
96 — Soldat du temps de Henri IV.

HENRY SOMM

97 — L'Attente au Square.
98 — Parisienne.

99 — Sur le Pallier.
100 — Au Jardin.
101 — Rêverie.
102 — Au bois.

THIOLLET

103 — Panneau décoratif.

PEINTURES

BLANCHET

104 — Le Soir.
105 — Au Petit Jour.

E. BOMBLED

106 — Etude d'Arbres.

A. BRÉAUTÉ

107 — Le Printemps.
108 — Jeune Femme, vue de profil.
109 — La Toilette.

110 — La Cigarette *(jeune femme blonde fumant
      une cigarette).*

111 — La Cigarette *(jeune femme brune fumant
      une cigarette).*

112 — L'Oise à Auvers (Seine-et-Oise).

113 — Meule de blé.

M. CAPY

114 — La Seine à Epinay.

115 — La Petite Bouquetière.

P. GIVRY

116 — L'Ile de Robinson à Billancourt (Seine).

117 — Le Trocadéro.

118 — Le Chemin de Fer de Ceinture à Issy.

119 — Un Ruisseau à Pierrepont (Calvados).

120 — Un Ruisseau à Joigny (Yonne).

121 — Le Vieux Moulin à Maisons-Alfort.

MICHEL DE L'HAY

122 — Les Frênes de Donville (Manche).

123 — La Plage près Donville (Manche).

124 — Environs de St-Vaast-la-Hougue (Manche).

125 — Le Moulin de la Galette.

126 — Paysage au Printemps.

RAMEAUX

DESSINS

GRAVELLES

139 — Jeune femme vue de face.

140 — « *Fais donc attention, mon gros chien*.......*un peu d'plus tu me faisais verser*.......

141 — Sollicitude.

142 — La Caverne.

OGÉ

143 — Le Bain.

144 — Coquetterie.

145 — La Cigale.

146 — La Bicycliste.

H. PILLE

147 — Les Vieux Garçons.

148 — Le Crime poursuivant la Justice.

149 — Le Roi de cœur.

150 — Femme orientale.

151 — Femme Louis XV.

152 — Liberté et Patrie.

153 — En visite.

ROEDEL

154 — Programme.

155 — Fleurs d'eau.

156 — Le Patinage.

157 — Le Volubilis.

158 — Gavotte sentimentale.

159 — Croquis au crayon bleu.

160 — Marianne et les Rois :

MARIANNE. — « *Quel est l'Ancien qui m'reprendra ?*
CHŒUR DES ANCIENS AMANTS. — « *Pas moi, tu te coiffes
trop mal à présent !*

161 — Argument écrasant :

« *Ainsi tu vois la grande roue ? elle peut s'mettre en colère,
faire son possible, j'te parie qu'elle ne rattraprera jamais
la petite.*

162 — Reine à vau l'eau.

163 — Au Bord de l'eau.

164 — Chevrefeuille.

165 — Eclipse.

166 — Dessin pour un menu.

167 — Fleurs et Femmes.

5 panneaux décoratifs.

168 — Maquette de l'Exposition des Chats.

Organisé par le « *Journal* ».

A. WILLETTE

169 — GAVROCHE. — « *Maman, v'la les nouvaux Conseillers.*
PARIS. — « *Dieu, qu'ils sont laids !*

170 — Pudeur bourgeoise :

— « *Ce nu ne vous fait pas rougir, Monsieur le
Sénateur ?*
— « *Non, Pierrot, car c'est du nu malheureux.* »
— « *C'est précisément celui-là qu'il faut couvrir.
vieille tourte !* »

171 — Croquis au crayon bleu.

172 — A feu Bertal :

*Ça, c'est la Constitution, la fille d'un protestant, le Père
Wallon , ah quelle glue !*

173 — **Allah.**
Etalon persan monté par Mlle Julia Nys, au cirque Molier.
le 17 Juin 1895.

174 — **Croquis au crayon bleu.**

PASTELS

BRÉAUTÉ

175 — Maquette d'affiche.

LUCE

176 — Coin de campagne (*Impression*).
177 — Vue panoramique d'une ville (*Impression*).

LITHOGRAPHIES

L. O. MERSON

178 — L'Enfant prodigue.
Très belle lithographie (très rare).

OGÉ

179 — Lithographie rehaussée de crayons de couleurs.

Salon de 1895 (très rare).

180 — La Butte en blanc.

Lithographie rehaussée à la gouache.

ROEDEL

181 — Portrait de Mozart.

D'après Prud'hon, Salon de 1896.

182 — Tête de Femmes.

Salon de 1895 (très rare).

183 — Têtes de Femme.

184 — Femme et Soleil.

185 — Souvenir d'Espagne.

Lithographie en deux couleurs (très rare).

Imp. Ch. Dupont, 41, rue Laffitte. — Paris.